Gabriel

the happy ghost

in
Puerto Rico

Arlene O. Schrade

National Textbook Company
a division of *NTC Publishing Group* • Lincolnwood, Illinois USA

1994 Printing

Published by National Textbook Company, a division of NTC Publishing Group.
© 1979 by NTC Publishing Group, 4255 West Touhy Avenue,
Lincolnwood (Chicago), Illinois 60646-1975 U.S.A.
Manufactured in the United States of America.

3 4 5 6 7 8 9 0 ML 9 8 7

This little ghost is Gabriel. He's visiting
the city of Miami with his friend, Angel.
Angel is a Puerto Rican cat who has traveled a lot.

"The sea is so beautiful! I love the beach,"
says Gabriel happily.

"My friend, you haven't seen *my* Caribbean," answers Angel. "I remember the beautiful beaches of Arecibo and Boquerón. Puerto Rico. What a wonderful island!"

"Puerto Rico. Puerto Rico," says Gabriel
dreaming. "That really sounds good to me!
I'd like to visit the Caribbean. Do you want
to come with me?"

"Well, to tell you the truth, crossing the water
doesn't sound like much fun," answers Angel,
a little afraid. "Flying, *you* get there easily.
I don't like getting wet. I'd rather stay here."

"Then, *I'm* going," says Gabriel, already up
in the air. "See you later, Angel!"

5

Catching a tropical breeze, Gabriel flies south.
From high above, he sees the turquoise, shining
waters of the Caribbean.

Finally, in the distance, he sees the shape of a magnificent island.

"How exciting this adventure is going to be!" thinks the little ghost.

Gabriel comes closer and sees some frogmen
diving into the water from a big boat.

The little ghost wants to do the same, but because he's transparent, he can't go under the water. He tries and tries, but he can't.

Suddenly he sees something playing and
jumping in and out of the water.

"What fun!" thinks Gabriel, and he comes
closer. It looks like a big fish!

"Hey there, fish! How do you do those things?"

"I am *not* just any fish. I'm a dolphin, the queen of the seas. My name is Caroline. What do you want?"

"My name is Gabriel. Why don't you teach me how to get under the water. The frogmen and you do it very well, but *I* can't!"

. The dolphin very kindly answers: "Grab my neck, and you'll see!"

The dolphin dives with such great speed that Gabriel thinks he's on a roller coaster!

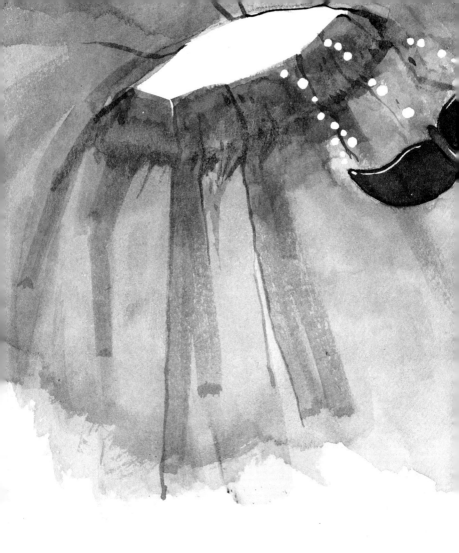

After playing for a while in the water,
the dolphin jumps very high.

Gabriel and his new friend fly through the air
and through an opening in some rocks on the
coast.

They land in a lagoon inside the rocks.

"Wow!" says Gabriel. "Where are we?"

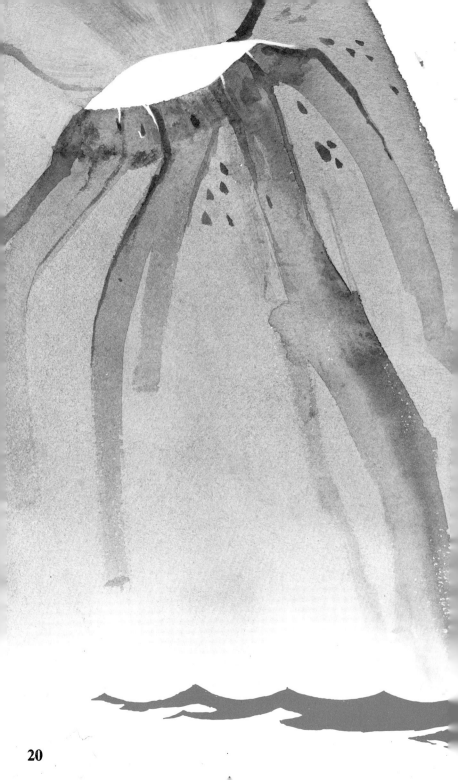

"We're in a deep, natural cave," Caroline explains. "Sometimes I like to rest here in the quiet lagoon."

"This place is called Indian Cave. Look above, it's a dangerous hole."

"Yes," responds Gabriel, "it's dangerous, but the cave is wonderful!"

"Let's go see something else even more exciting," says Caroline.

Once again the dolphin jumps, and they
leave the cave.

The two friends travel through the sea,
toward the southwest.

After a long time, Caroline takes Gabriel to
the surface. It's night time.

Suddenly, they see something extraordinary.
They are in a bay that shines like stars in the night!

"This is really something!" exclaims
Gabriel.

"Why does the water shine?"

"Because it is a phosphorescent bay," says
Caroline. "It's called *La Parguera*."

"It's magnificent!" says Gabriel, delighted.

"Well, my little friend, I must return to my family. I'm leaving now."

"I'm going, too," says Gabriel. "Thank you for everything. I'm going to find my friend, Angel. He's right. Puerto Rico is the pearl of the seas. And the Caribbean is beautiful!"

29

Gabriel

el fantasmita simpático

en Puerto Rico

Arlene O. Schrade

Este fantasmita se llama Gabriel. Está de visita en la ciudad de Miami con su amigo Angel. Angel es un gato puertorriqueño que ha viajado mucho.

—¡Qué bonito es el mar! Me encanta la playa—
dice Gabriel muy contento.

—Hombre, tú no has visto mi Caribe— le contesta Angel. —Me acuerdo de las playas preciosas de Arecibo y Boquerón. Puerto Rico, ¡qué país más encantador!

—Puerto Rico, Puerto Rico— dice Gabriel soñando. —Sí, me suena muy bien. Me gustaría visitar el Caribe. ¿Quieres acompañarme?

—Pues, en realidad, cruzar el mar no es muy divertido— le contesta Angel, un poco asustado. —Tú, volando, llegas sin dificultad. Yo no me meto en el agua. Prefiero quedarme aquí.

—Entonces, ¡me voy!— dice Gabriel, ya subiendo por el aire. —¡Hasta luego, Angel!

Cogiendo la brisa tropical, Gabriel vuela hacia el Sur. Desde muy alto ve el agua color turquesa, brillante del Caribe.

Finalmente, a distancia, ve una magnífica isla.

—Qué estupenda va a ser esta aventura— piensa el pequeño fantasma.

Gabriel se acerca, y ve a unos hombres rana que se tiran al agua desde un barco grande.

El fantasmita quiere hacer lo mismo, pero como es transparente, no puede sumergirse. Trata y trata, pero no puede.

De repente, ve una cosa grande que juega y salta, entrando y saliendo del agua.

—¡Qué maravilla!— piensa Gabriel, y se acerca a
la cosa. Parece un pez muy grande.

—¡Oiga, pez! ¿Cómo hace usted eso?

—Yo no soy un pez cualquiera. Soy una delfina,
la reina de los mares. Me llamo Carolina. ¿Qué
quieres?

—Me llamo Gabriel. ¿Por qué no me enseña a meterme en el agua? Los hombres rana y usted lo hacen muy bien, pero yo no puedo.

La delfina, muy amable, le responde: —Cójete a mi cuello y verás.

La delfina se sumerge en el agua con una rapidez
extraordinaria, y Gabriel cree que está en una
montaña rusa.

17

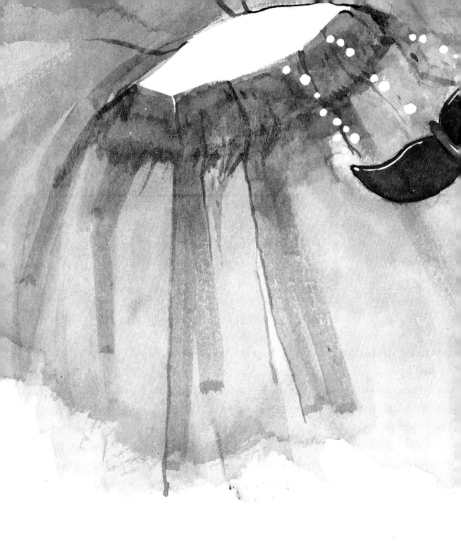

Después de jugar un rato en el mar, la delfina da un salto enorme.

Gabriel y su nueva amiga vuelan por el aire y pasan por una abertura en las rocas de la costa.

Se meten en una laguna entre las rocas.

—¡Qué susto!— dice Gabriel. —¿Dónde estamos?

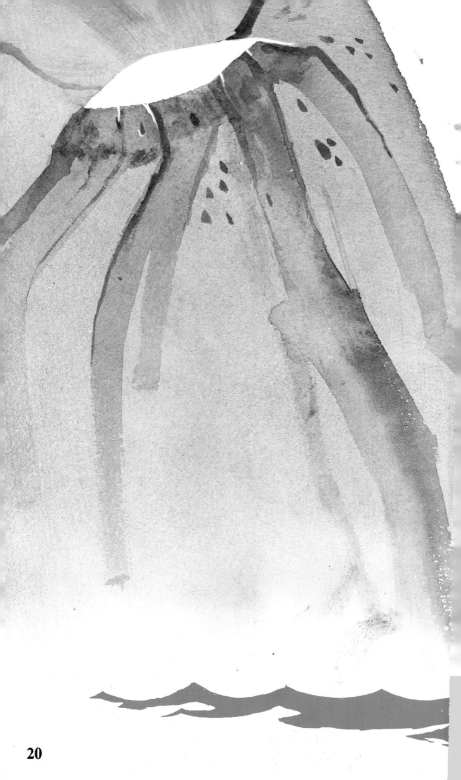

—Estamos en una cueva natural muy profunda— explica Carolina. —A veces me gusta descansar aquí en la tranquilidad de la laguna.

—Este lugar se llama la Cueva del Indio. Mira hacia arriba, es un hoyo peligroso.

—Sí— responde Gabriel, —es peligroso pero la cueva es magnífica.

—Pues, vamos a ver otra cosa más fascinante—
dice Carolina.

De nuevo la delfina da un salto y sale de la cueva.
Los dos amigos van por el mar, hacia el Suroeste.

Después de largo rato, Carolina lleva a Gabriel a la superficie. Ya es de noche.

De pronto, ven algo extrodinario. ¡Es una bahía
que brilla como las estrellas!

—¡Qué cosa!— exclama Gabriel.

—¿Por qué brilla el agua?

—Porque es una bahía fosforescente— dice Carolina. —Se llama La Parguera.

—¡Es magnífica!— dice Gabriel, asombrado.

—Bueno, amiguito mío— dice la delfina, —tengo que volver con mi familia. Ya me voy.

—Yo me voy también— le dice Gabriel.

—Gracias por todo. Voy a buscar a mi amigo Angel. El tiene razón. Puerto Rico es la perla de los mares, y el Caribe es ¡hermosísimo!

NTC ELEMENTARY SPANISH CULTURAL TEXTS AND READERS

Language and Culture
Gabriel, el fantasmita simpático (filmstrip/
   audiocassette/book)
   Gabriel en México
   Gabriel en España
   Gabriel en Puerto Rico

Culture—in English
Let's Learn about Spain
Christmas in Mexico
Christmas in Spain

Readers
Horas encantadas
Había una vez
Ya sé leer Reader
Mother Goose on the Rio Grande
Treasury of Children's Classics
¡Hola, amigos! Series
   Teresa
   María
El alfabeto

Bilingual Fables (filmstrip/audio-
   cassette/books)
How the Toad Got Its Spots/Las manchas del
   sapo
Pérez and Martina/Pérez y Martina
The Cú Bird/El pájaro Cú
The City Mouse and the Country Mouse/
   Chiquita y Pepita
The Tortoise and the Hare/La tortuga y el
   conejo
The Lion and the Mouse/El león y el ratón
Belling the Cat/Poniendo el cascabel al gato
The Boy Who Cried Wolf/El muchacho que gritó
   ¡el lobo!
The Milkmaid and Her Pail/La lechera y su
   cubeta

For further information or a current catalog, write:
National Textbook Company
a division of *NTC Publishing Group*
4255 West Touhy Avenue
Lincolnwood, Illinois 60646-1975 U.S.A.